AF358161

Vente du Mercredi 4 Mai 1870

# OBJETS D'ART

ET

## CURIOSITÉS

### DE LA CHINE ET DU JAPON

EXPOSITION PUBLIQUE : Le Mardi 3 Mai 1870

| Mᵉ PHILIPPE LECHAT | M. L. BLOCHE |
|---|---|
| COMMISSAIRE-PRISEUR | EXPERT |
| Rue Saint-Lazare, 64 | Passage de l'Opéra, 16 |

PARIS — 1870

Annoté par Wetterhan

RENOU ET MAULDE

IMPRIMEURS DE LA COMPAGNIE DES COMMISSAIRES-PRISEURS

Rue de Rivoli, 144.

# OBJETS D'ART

ET

## CURIOSITÉS

### DE LA CHINE ET DU JAPON

TELS QUE

Beaux Émaux cloisonnés, Vases, Coupes, Boîtes, Brûle-Parfums, belles Porcelaines de Datsuma, de la Chine et du Japon, Brûle-Parfums, Garnitures, Vases, Plats, Bronzes, vieux Laques, Objets de vitrine et divers.

DONT LA VENTE AURA LIEU

## HOTEL DROUOT, SALLE N° 9

### Le Mercredi 4 Mai 1870

A DEUX HEURES

Par le ministère de M° **PHILIPPE LECHAT**, Commissaire-Priseur, rue Saint-Lazare, 64,

Assisté de **M. L. BLOCHE**, Expert, passage de l'Opéra, 16, galerie de l'Horloge,

*Chez lesquels se délivre le présent Catalogue.*

## EXPOSITION PUBLIQUE

Le Mardi 3 Mai 1870, de une heure à cinq heures.

PARIS — 1870

# CONDITIONS DE LA VENTE

---

Elle sera faite au comptant.

Les Acquéreurs paieront, en sus des adjudications, CINQ POUR CENT.

# DÉSIGNATION

## ÉMAUX CLOISONNÉS

**1** — Plat en émail de Chine orné de deux personnages au centre; bord à médaillons avec inscriptions chinoises. Au revers, fleurs et oiseaux.

**2** — Beau Brûle-parfums, élevé sur pied en bois, émail fond bleu turquoise, rehaussé de fleurs et ornements rouges et or. Jolie monture et appliques en bronze doré.

**3** — Deux beaux Vases, décor à ornements et paillettes aux couleurs vives et variées, rehaussées d'or sur fond bleu turquoise.

**4** — Grande Bouteille, forme dite ventrue, à goulot effilé, décor bleu turquoise enrichi de fleurs et palmettes rouges, jaunes et or.

**5** — Grand et beau Vase, décor fond bleu turquoise, avec ornements et fleurs en rouge, vert et blanc, rehaussés d'or.

**6** — Deux Cornets à fond gros-bleu rehaussé d'inscriptions et de grecques en or.

**7** — Petite Boîte, de forme carrée, fond bleu turquoise à fleurs et paillettes rouge et or.

8 — Une Bonbonnière fond bleu turquoise à fleurs rouge et or.

9 — Jolie Bouteille à goulot effilé, fleurs et ornements sur fond bleu turquoise.

10 — Petite Coupe, forme évidée, décor à écailles de poissons grises, bordure bleue, rouge et or.

11 — Écritoire, ornements rehaussés d'or sur fond bleu.

12 — Un grand Bol, fond bleu turquoise, rehaussé d'ornements aux couleurs vives et variées; très-belle et ancienne qualité.

13 — Une Coupe basse avec couvercle, décor à ornements sur fond bleu turquoise.

14 — Une autre, même genre.

15 — Un Vase décoré d'ornements bleu turquoise sur fond blanc.

16 — Un autre, à ornements de couleurs variées sur bleu turquoise.

17 — Une petite Boîte ronde, fond bleu turquoise.

18 — Une grande    id.    décor fond blanc, à ornements.

# PORCELAINES DE LA CHINE & DU JAPON

19 — Deux belles Jardinières, forme à pans, élevées sur pieds, décor à médaillons ronds, dragons et chimères.

20 — Deux Soupières en Japon, couvercles décor bleu et blanc, représentant des paysages.

21 — Une autre Soupière en Japon, même décor.

22 —                    Id.                    id.

23 — Un grand Vase en Japon, décor bleu et blanc.

24 — Un beau Cornet en Japon, décoré de fleurs et d'ornements rouges, bleus et or sur fond blanc.

25 — Une paire de Vases en porcelaine de Chine, à couvercles, décor à médaillons : sujets Mandarins ; encadrements à riches couleurs rehaussées d'or.

26 — Beau Vase, de forme ovoïde, à couvercle, en Japon ; décor bleu, rouge et or, à feuillages et médaillons.

27 — Gros Vase, dit ventru, en Japon, décor bleu et blanc.

28 — Une paire de Potiches, avec couvercles en porcelaine de Chine, décorées de feuillages et de fleurs sur fond vert gravé.

29 — Belle Jardinière, élevée sur pieds, en Japon, décor à médaillons de fleurs en relief sur fond rouge.

30 — Vase en craquelé gris, forme à pans.

31 — Grand et beau Plat en Japon, à bords contournés, décor à personnages et ornements bleu, rouge et or.

32 — Un Plat en Japon, décor à personnages au centre et encadrements à ornements bleus et blancs.

33 — Beau Plat orné de personnages et d'ornements, décor bleu, rouge et or.

34. — Un Plat en Japon, bleu et blanc.

35 — Deux grands Plats en Japon, décorés de paysages au
    centre et encadrements bleus et blancs.

36 — Deux beaux Plats en Chine, famille rose, décor
    à bouquets de fleurs en relief et bordures à mé-
    daillons. (Heureuse harmonie de couleurs.)

37 — Deux Plats d'entremets en Japon, gaufrés et fes-
    tonnés, décor bleu, rouge et or.

38 — Six Assiettes à bords contournés, décor bleu, rouge
    et vert, rehaussé d'or.

39 — Deux autres plus grandes, même forme.

40 — Deux Plats d'entremets en porcelaine de Chine, dé-
    corés de paysages en relief au centre, à bords
    parsemés de fleurs.

41 — Bol en Chine, décoré d'oiseaux et bouquets de
    fleurs en relief.

42 — Bol décoré de fleurs bleues et rouges, rehaussé
    d'or.

43 — Bol à bords contournés, décoré de paysages en
    relief.

44 — Bol, décor à bouquets de fleurs.

45 — Deux Bols, même décor à bordures.

46 — Deux grands et beaux Vases en Chine, à gorge
    contournée, décorés chacun de quatre médaillons
    d'oiseaux en or, relief sur fond noir et rouge, en-
    cadrement à riches enroulements, et pointillé
    d'or.

47 — Deux Éléphants formant flambeaux.

48 — Jardinière en céladon bleu, à bords contournés, forme feuille de choux.

49 — Une Coupe en porcelaine de céladon.

50 — Jolie Bouteille en céladon.

51 — Une Chope, décor à mandarins et ornements bleus, rouges et or.

52 — Un Porte-pinceaux en Chine, décor à personnages, et quadrillé vert à jour.

53 — Huit Assiettes en Chine, décors divers, ornées d'inscriptions au centre.

54 — Beau Plat en porcelaine de Chine, sujet représentant un combat de mandarins; riche décor rehaussé d'or en relief.

55 — Deux Plats, ornés de sujets à personnages au centre, à bordures ornées de médaillons de fleurs et d'oiseaux.

56 — Vase à goulot, de forme carrée, décor à fleurs et encadrement bleu, vert et rouge.

57 — Beau et grand Plat à sujets, représentant des horticulteurs chinois; riche décor rehaussé d'or.

58 — Petit Plat creux, avec sujet au centre, rouge et or.

59 — Assiette plate, même facture.

60 — Plat creux, décor ornements et fleurs rouges et or.

61 — Grand Plat creux à médaillons, décor rouge rehaussé d'or.

62 — Grand Bol, décor à sujets, rouge et or.

63 — Autre, décor à mandarins, rouge et or.

64 — Autre, décor à personnages, rouge et or.

65 — Beau Vase, de forme élancée, décor à personnages.

## PORCELAINES DATSUMA

66 — Belle Garniture en porcelaine de Datsuma craque-
lée, composée de : un brûle-parfums, élevé sur
trois pieds, de forme évasée, décoré de dragons
et de fleurs (le couvercle est couronné par une
chimère), et deux vases de forme gracieuse,
même genre de décoration, couleurs vives et variées rehaussées d'or.

67 — Deux jolis petits Plats, dits présentoirs, forme ronde,
à palmes en creux ; décor bouquet de fleurs ; bel
émail.

68 — Une belle Garniture composée de trois vases, décor
à bouquets de fleurs sur fond blanc.

69 — Un Vase, forme droite, à anses formées par deux
têtes fantastiques ; décor bouquets de fleurs.

70 — Un autre, de forme arrondie, même décor.

71 — Un autre, à gorge évasée, à anses, décor bouquets
de fleurs sur fond blanc.

72 — Un autre, décor oiseaux et palmettes rehaussé d'or.

73 — Un autre, forme arrondie, décor à bouquets de fleurs.

74 — Un grand et beau Vase à corps, dit ventre, gorge évasée et contournée, décor bouquets de fleurs sur fond blanc.

75 — Un autre, avec anses à anneaux, bouquets de fleurs sur fond blanc.

76 — Une autre, à gorge très-évasée, avec anses à têtes de béliers, décoré de bouquets de fleurs.

77 — Autre, forme à côtes, décor oiseaux rehaussé d'or.

78 — Cinq Brûle-Parfums veilleuses, élevés sur pieds, à couvercles, décors divers.

79 — Une Théière, même décor.

# BRONZES D'ART, LAQUES

80 — Une Statuette en bronze chinois, représentant un Mandarin.

81 — Un Cornet en bronze rehaussé d'ornements en or.

82 — Un petit Brazero (brûle-parfums) en bronze damasquiné d'argent.

83 — Un Brûle-Parfums en cuivre repoussé et gravé.

84 — Une Théière à long goulot en cuivre repoussé et doré.

100 —

85 — Cinq Boîtes en vieux laque du Japon : Chimères et Dragons en relief. (Ce numéro sera divisé.)

86 — Sous ce numéro, un lot de Faïences et Porcelaines, et les Objets non catalogués.

Renou et Maulde, imprimeurs de la Compagnie des Commissaires-Priseurs, rue de Rivoli, 144.                    4213

3.10        —        100
10   12                 80
   14     2             80
                        40
                        50
                        30
                        50
                                      2640
                         3
                         34
                                        60